偏差値48
ベストセラー宣言

大言壮語

Fujishiro Masataka
藤城雅孝

文芸社

はじめに

市内循環バスに乗った。運転席後部にはり紙がしてある。

～お知らせ～
バスが走行中の時は危険ですので席を立たないでください。

それを見た幼い子供達が声を合わせて言う。「お知らせじゃなくておねがい～、傍線もバスのところだけじゃへ～ん、きゃははは」。まさしくおっしゃるとおりである。無表情のまま赤面する運転手と笑いをかみ殺す乗客達。そしてふと思う。きっと偏差値48の書く文章なんてこんなレベルである。しかし不思議とこの文章は、何故か数多くの利用客の間で「記憶」に残った。子供達の人間味あふれる笑いのせいであろうか？　▲「表現の自由」を盾にくだらない文章を正当化する某有名女性作家。彼女の表情や言動からは「人間らしさ」が何一つ感じられない。しかし、みてくれだけの文才があるということだけで、不思議と数多くの作品がベストセラーや受賞作品として「記録」に残った。▲話、特に文章には、その都度「フック」が必要であり、最も大切である。言葉という止め金を読者の心に引っかけて、本の世界に引き込む力。それを引き出す力は単に文章が上手いだとか下手だとか、頭の良いとか悪いとかではなく、持って生まれた「人間性」＝人間らしさにあふれている人に備わっている。後は飾ることなく、思いの丈を素直に活字にすればよい。きっとそんな文章が記憶に残る文章であり、おのずと記録にも残る。▲筆者の学力はタイトル通り偏差値48である。当然執筆するにはほど遠い。だが、その程度でも、もし「人間らしさ」があれば本当に「記憶」と「記録」を残すことができるのであろうか。言うは易し行うは難し。自分の生意気な考えや思いこみがどこまで通用するのか、この作品で試してみたかった。異論はあろうが、まずは是非お読みいただきたい。

●目　次●

名物、一番乗り男に続け

二〇〇〇年三月三十一日・金曜日。上野駅発・JR宇都宮線最終列車に、酒を飲んでいて乗り遅れたサラリーマン数名が駅改札口周辺で途方に暮れていた。大変失礼だが時代の波にも乗り遅れそうな顔ぶれである。って、俺もその中の一人だ。「また、帰れんかった」と自分のだらしなさを反省する暇もなく駅構内からつまみだされると、翌朝に起こる貴重な出来事を知る由も無くその辺をうろつき始めた。

ちょっとした旅行気分で、物見遊山するでもなくフラフラと上野公園に向かった。そこには自然や夜景を楽しむ人の姿はなく、いちゃつくカップルを凝視したり、まとわりつく風俗女を物色したり、ところかまわず眠りこけたりする連中ばかりが集まっており、公園の景観は思いっきり損なわれていた。そのほとんどがスーツ姿のサラリーマンだし……っていうか、よく見たら、さっき駅からつまみだされたメンバーじゃん！　今度は公園からもつまみだされそうである。

そんな姿に虚しさを感じながら、一人さびしく一夜を過ごした。

二〇〇〇年四月一日・土曜日。上野駅発・JR宇都宮線始発電車に乗り込んだ。車内には「目的」を持って旅行に行くのであろう人達も数名同乗している。JR宇都宮線は郷愁や旅情ただようローカルな線であり、日頃からサラリーマンと旅行者が混在することは珍しくない。

そんな、どこかほのぼのとさせてくれる早朝のさわやかな車内のムードを、一瞬にしてぶち壊してくれる、見るからに徹夜明けのサラリーマン連中が乗り込んできた。きっと一晩中飲み明かしていたのだろう。全身疲れきって乱れたその様は人間と言うにはほど遠く、何か新しい生き物でも見ているようだ。大変失礼だが非常に目障りで、百害あって一利なしである。って、くどいようだが俺もその中の一人だ。

とりあえず俺は自宅のある「久喜駅」へ向かう帰路の車中、うたた寝を始めた。しかし乗車の際、列車の行き先を曖昧に確認していたので、途中乗り換えが可能な大宮駅で下車しようと思っていた。

徹夜&二日酔いでうたた寝を始めると必ず深い眠りに入り、そのまま目的地を通過してしまうことがよくある。そうならんよう、気にかけながら汚い顔で眠り続け……、「ハッ!」と突然目を覚ますと大宮駅周辺らしい見慣れた風景が見えたので、多少寝ぼけながらも何の疑いも無く到着した駅に下車した。……下車してみた？　下車しちゃったら、そこは「さいたま新都心駅四月一日より開通」と書いてある「さいたま新都心駅」だった。

「って、うわぁー！　やっちまった！」

今日から開通したらしい。大宮駅の一つ前に位置するが距離としてはほとんど離れておらず、場所によっては、一瞬見た目に大宮駅にみえるので勘違いして降りてしまったようだ。

気付いた時にはすでに扉は閉まり、列車は無情にも発車してしまった。そんな光景を背にしながら恥ずかしまぎれにおそるおそる周りを見渡してみると、状況が把握できず、ぼーぜんと立ち尽くす徹夜明けのサラリーマンが数名いた。

「って、ガーン！　やっぱりお前らもか！」

類は友を呼ぶらしい。

春はあけぼの。やうやうしろくなりゆく「さいたま新都心駅」のシーンと静まり返ったホーム上で、こんなブザマな姿に昨夜以上の虚しさを感じていた。が、せめて俺だけでも理由があって降りたといわんばかりの顔をし、次の電車を待った。

駅マニアなんてのはいないのだろうが、新設された駅に初めて足をおろした人間が「徹夜明けで降り間違えたサラリーマン数名」とは……。なんとも情けない話である。

そして今度はしっかりと行き先を確認し、再び宇都宮線に乗車した。しかしこういった経験は一生に一度くらいで、なかなかできないのではないか？……と、多少なりとも一番乗りの優越感と感動に浸りながら、またうたた寝を始めた。

（平成十三年五月）

偏差値48的伝言法

「緑」が好きで、最近よく植木や花などの植物を見に行く。いわゆるガーデニングブームに影響された面もある。公園などはこれらの宝庫で、また季節を感じるには最適の場所である。

最近よく見かける植物に「こくちなし」がある。香りがよく、小ぶりながらも白く色めき力強く咲くその姿は、非常に華々しく人々の目を魅了する。

多少話は変わるが、ある物や事に対して、お互いの目の前にそれが存在する時は、その状態や内容を伝えることはきわめて簡単である。しかし、見えないそれを「言葉（声）」だけで正確に伝えようとすると、伝える物や伝えたい事によっては非常に難しい場合がある。百聞は一見にしかずとはまさにその通りである。

先の場合は、目の前にこくちなしがなくても、または知らなくても、正確な花の名前や種類を伝えるということより「花」＝「きれい」という雰囲気をイメージとして伝えることが目的なので、ある意味それなりに伝わっていると思うし、その程度でよい。

しかしそうでない場合、たとえば身近なところで「名前」を伝える場合は正確さが求められる。これが簡単なようで意外に難しい。それは難読に限らずだ。一体どんな時にか。つい最近こんなやり取りがあった。

仕事中の電話でのやり取りで、自分の名前（華島という女性社員）の漢字書きを相手に伝えようとしていたらしく、これがなかなかうまく伝わらない。

「だから、華原朋美の〝華〟！　あるでしょ。えっ、華原よ、知らないの!?

歌うたって……、いるでしょっ、その華原の〝華〟よ！」

そんなやり取りが数分続いている。どう見ても「華原朋美」に似つかない、どちらかと言うと「市原悦子」似の彼女がパニック状態で、だんだんご立腹になってきた。どうやら彼女はこのパターンでしか説明することができないらしく、今までは難なくクリアしてきたが今回に限っては通用せず、他に打つ手が見つからないようだ。っていうか考えてない。だいたい「中華料理の〝華〟」と言えばわかりやすいだろうが！　ついに我慢しきれなくなった俺は興奮する彼女にこう言ってやった。

「相手の人、頭悪いね」

今の俺は世界一カッコ悪かった。

そういえば彼女は前にも電話のやりとりで、「波」という字を伝える時「ウエーブの波よ！」とちょっとわかりづらい説明をしていた。それを思えばまだましなのかもしれない。

するとと突然彼女が「やんなっちゃうー！」と吠え、ぶち切れた。ついに逆鱗に触れたようである。そしてその状態でもやり取りはまだ続いている。

「だからー、まったく！　う～ん……、あっ、そうだ！　そうそう、横よ横。い い、よく聞いてよ。横棒三つ書いて、そう、横棒。横棒三つ書いて、縦ちょんちょん二つ…、えっ！　だから横三つの縦ちょん二つ～ぅ……ッキィー！」

ついに彼女はお叫びを上げた。せっかくの新パターンもかえってややこしく、当の本人が切れてしまった。それに書き順も間違えて説明している。

もうここまでくると誰も彼女を止められない。言うまでもないが、その瞬間ほとんどの社員がトイレに立った。その後も延々とやりとりは続き、せめてこの電話の相手がお得意先の上司でないことを祈った。

数日たって彼女宛てに手紙が届いた。そこには名前がひらがなで「かしま様」と書いてあった。彼女は何も思い起こすことなく封をあけると平然と仕事を続けた。


しかしあの程度のことが伝えられないとは……、なんとも情けない。でも冷静に考えると、うまく伝わらない大半の原因は説明不足という基本的なところにあるのかもしれない。相手にわかりやすく伝えることが大切だ。

余談になるが友人に「原槙」という人がいる。ちゃんと説明しているにもかかわらず「腹巻」と書いてくる人が多数いるそうだ。レ点が入って「槙原」だったらこんな間違いはきっとないだろう……と悔やみ、嘆く。ある意味聞き手側の早とちりもうまく伝わらない原因の一つであろう。

今後、漢字の組み合わせによって名前は無数に増えていくものと思われる。そう考えると行く末が不安だ。まあ、何にしても、たかが名前なのに相手に伝えるのは本当に難しいものだ。今回は特にそう思った。

（平成十三年六月）

偏差値48的指導法

毎日とまではいかないが、週末だけは必ず「ウォーキング」をしている。それは何故か？　若さと体力を維持し向上させるためだ。だから、普通の人よりも意志や目的、レベルをとっても高く設定して行っている。すごい、すばらしい、表彰もんだ。

しかし、年配夫婦に軽々と追い抜かされることがよくある。別に気にする必要はないが、こういうことは一度やらせるとクセになるし、本来抜かれたら抜きかえすのが礼儀でもある。仕方がない。大変かわいそうだが心を鬼にして思い知らせてやろう。

とりあえずしばらくの間はそのまま優越感に浸らせる。それから一気に抜いたほうが二人に与えるダメージは大きくなる。その時の、あまりにハイレベルな俺のぬきっぷりにショックと驚きをかくせず、悔しさに崩れ落ちる年配夫婦の姿を想像しながら、まずは百歩譲って先に行かせ、そのまま千歩以上引き離されたこともよくある……。

もう一度言う。何故ウォーキングをしているのか。それは健康のために、そしてリラックスするために、歩くスピードなんか気にせずマイペースで行っている。そう、大切なのは無理なくマイペースで行うことだ。決して競争しているわけではない。同じことを二度も言わせるな。

途中必ず休憩する運動公園がある。そこには公園一帯を見渡せるベンチがあり、たびたび腰を下ろしてはそれとなく「ボーッ」と景色を楽しんでいる。すると、さっきからどうも気になる二人組がいる。どうやら親子らしく、母親が娘に陸上の指導をしているらしい。しかしそれは、ほのぼのした利用者とは対照的で、気合の入った「根性！」を地でいくような雰囲気の親子である。見た目に娘は普通だが、母親がすごい。熱血で、酒でも飲ませたら一発であの世に行ってしまいそうな興奮状態である。また一つ一つの動作も特異で、たとえればまるで、引越しの途中に引越し屋に逃げられてしまいジャージ姿のまま「ちょいと、引越し屋さん！」と必死に追いかけているまぬけな姿に匹敵するおかしさだ。なんだかよく意味が分からないたとえだが、とにかくそんな母親の姿を見て正直「恐い」と率直に思った。

そう思ったものの、その親子に非常に興味を持ったので、母親が娘にどんな指導をしているのか、目をつぶってイメージトレーニングがてら、スパルタコーチぶりに耳を傾けてみた。しかし冷静に聞いてみると言葉なんて曖昧なもので、結構おかしなところがたくさんあるものだと改めて思った。

彼女がトラックをスタートして間もなく……、

母親「同じことを何回も言わせるな！　ほら何やってんだっ！　もっと手を上げて、両手を上げる！」

俺「両手を上げる……？」

母親「そしたら、左手をもっと回す！」

俺「左手を……回す？」

母親「足をほら、もっと速く、どんどん振って！」

俺「…………」

イメージするに「俺は丸腰だ、撃たないでくれ」と無抵抗の人間が両手を上げて逃げてきて、更に左手だけは「ホームラン」と野球の審判のようにクルクルまわしながら、これだけはイメージできないが、とどめに足を振って走ってくる。まぬけだ、あまりに無様だ。そして、無理だ、できない。そんな走りかたは絶対に不可能だ！

もし間違っていなければ本来「両腕を上げて、両腕を振って、足を速く動かす」のが正しい指導法と思える。

あまりに不安になったので目を開けて二人の姿を見てみたが、そこには普通に走っている娘と、相変わらず自分に酔いしれ、赤い布をちらつかされ興奮しきった「闘牛」のような母親がいた。一生懸命が空回りするとはきっとこういう人を言うのであろう。

そんな二人のやり取りのせいか、気がつくと利用者はほとんどいなくなり、まだ日が高いというのに公園は完全に閑寂としてしまった。熱心に練習を続ける二人の姿を見て「たとえ速くなったとしても、全国ネットで放送されないことを祈る」と心の底から心配しながらベンチから立つと、足早に公園を後にした。

（平成十三年七月）

我田引停

昔読んだギャグマンガで、野球のボール程度の雪玉を山頂から転がして、下に行くにつれ加速しどんどん大きくなり、最後はふもとにいた人間がぺちゃんこに押しつぶされるというシーンがあった。最初は小さな事でも、ほうっておくと積もり積もって取り返しのつかないとんでもないことになる。途中どこかで気が付けば……と後悔しても後の祭りだ。

今、日本でおきている様々な事件がほとんどこのパターンだ。官僚の汚職事件や不祥事がいい例だ。

しかし、俺ん家の場合はちょっと違う。ガンコで自己中心的な人間の集まりだから最初から事がデカイのである。核爆発みたいなものだ。だから途中じゃなく、即刻阻止しないと大変なことになる。

何だかんだでこれまでも数多くの珍事件を起こしてきたが、その中でもとりわけオヤジが起こしたあの事件は驚異的で印象に残っている。


ウチは道路に面して建っており、通りにはオヤジが勤務していた鉄道会社の路線バスが走っている。オヤジは在職中に、その路線バスに新たなバス停を何の前ぶれもなく強引に作らせたことがある。それも自宅の玄関前にだ。

よって当然そんな事とはつゆ知らず、パンツ一丁で玄関脇にある新聞受けに朝刊を取りに行ったところ、すでにバス停には早々の利用客が数名おり、見たくもない俺の半ヌード姿を見て仰天していた。突然の出来事に「何っ!?」と一瞬とまどったが、とりあえずその場は冷静にとりつくろい部屋に戻るとあわててオヤジを探した。きっとオヤジの仕業だ！　突然玄関前にバス停だなんて。こんなとんでも八分《はっぷん》なことするのはオヤジしかいない。

だが作らせたのはいいが、さすが俺のオヤジだ。このバス停には他にも二つの問題点があった。それは、各区間のバス停の間隔がどこも一キロメートル以上も離れているのに対し、ここだけは次のバス停まで一〇〇メートル弱しかないということと、バス停名がウチから手前一〇〇メートル以上も離れた並びにある「吉羽浄水場前」となっていたからだ。非常に不自然だ。これじゃ会社内部の人間が後先考えず、自分家《じぶんち》のために作ったのが見え見えである。近所に説明がつかない。

オヤジは「何でできたのかわからない」と一言だけいうと、早々に背を向け平然とした顔つきで新聞を読みながらしらをきっていたが、長年の付き合いでだいたいの察しがつく俺達は即刻抗議した。真相を聞いてみると、現在利用しているバス停までたかだか一〇〇メートル弱歩くのが面倒くさかったからと言うことだけらしい。無精にも程がある。

大バトルの末、翌日にはバス停を廃止とまではいかなかったが、せめてバス停名通り吉羽浄水場前まで移動させた。その日利用した人達には大変迷惑をかける結果となった。

結局、ウチから一〇〇メートル手前と一〇〇メートル先のバス停が存在する形となり、新設した意味が全くなくなってしまった。そしてオヤジのかねてからの念願であった自宅から徒歩一歩のバス停はたった一日のはかない夢に終わった。

数日後、オヤジは激怒しながら俺達に「一度作ったものを変更させるのは大変なことなんだ！　お前達は会社組織というものをまるで分かっていない！」と説教していたが、勝手に作った自分の責任は完全に棚に上げていた。その言葉に対し、正直言ってオヤジにだけは言われたくないというのが家族全員の素直な気持ちであった。腑に落ちないところはあるが、とにかく被害が最小限にすんでよかった。

どんな小さな事でも、その人にしかできない何かがある。冒頭でいう小さな事とは訳が違う。今俺達にできることは一体なんだ。一見強気な政治家にただすべてを託すことか、事に甘んじて見過ごしたり、悪事になれあいになることか、組織に染まることとか、流行にただ流されることとか……？　いつの時代も主役は自分だ。いいも悪いも時の運、信念を持って〝自分にしかできない何か〟を見つけていきたい。

そんな事を考えながら物思いにふけっていると、何故かウチの前に例の路線バスが止まった。そしてオヤジが中からさっそうと降りてきて「俺一人しか乗ってないからウチの前で降ろしてもらっちゃった」と胸を張りながら自慢げに説明していた。いや、そこまでするとは。ある意味本当すごいよ。オヤジにしかできない事なんだ。そんなオヤジの息子に何ができるのか、とても不安だ。

（平成十三年九月）

モー娘オーディションの方がまだマシ

俺ん家は一家そろって皆ガンコ者だ。一度「こうだ！」と決めたら多少のことでは考えを曲げないし、間違っていたとしてもなかなか誤りを認めようともしない。押しの一手だ。だから結構もめごとが多い。中でもオヤジと俺はその傾向がかなり強い。

そんな二人が最も苦手とすることは頭を下げることだ。きっとガンコすぎて素直じゃないからだろう。特に義理や義務で頭を下げなければいけないときや、先方の出方の悪いときなどはもってのほかだ。とはいえ、そこは大人なので失礼のない様それなりに振る舞っている。しかし、自分達ではあまり気付いていないがかなり態度に出るらしい。よく母ちゃんに「相手の方が悪いみたいに見える」と言われる程だ。そして俺達のそんな姿に、理由はどうであれ身内ならともかく、他人様には困ると母ちゃんは嘆く。

そんなばかな。いくら苦手とはいえそこまでひどくないはずだ。参考までにオヤジの態度を観察してみた。そしたら実に姿勢がいい。胸を張り多少後ろにそりながら、足も「休め」になっている。そのまま「すまん」だの「よろしく」だの言っている。……ありゃひどいわ、最悪だ。俺もあんなんか。たしかに母ちゃんの言う通りだ。

ただオヤジの場合は、きつそうな顔つきと中年太りで首が短いため、もともとふんぞりかえっているように見られてしまう体形的な問題点も若干ある。まぁ、いずれにしてもこいつは早いうちに直した方がよさそうだ。

ここは一つ高級官僚みたく、頭を深々と下げるだけの形式的な謝罪でも見習うか。いや、それより社長が号泣した山一証券だ。あっちの方がいい。あれは最高だ。みっともなくて笑えた。実践するチャンスがあったら早速オヤジに勧めよう。俺は絶対にやらない。

高級官僚って言えば俺も昔は公務員だった。上層部の人間もしかりだが末端で働くヒラ務員も結構ひどいもので、それこそ窓口業務や接遇で怠慢な対応をして結構トラブルがたえなかった。その一例を挙げてみる。

おおむねこんな感じ。

利用者「一体どーなってるんだ、話が違うじゃないか」

役　人「申し訳ございませんが、できませんので……」

利用者「できないじゃなくて、できると言う話だったんだが」

役　人「申し訳ございませんが、できませんので……」

利用者「前回の担当者は、印鑑があれば代理人でも書類を作成することはできると言う事だった。だから今日わざわざこうして窓口まで足を運んでいるんだ！　何故担当者が変わると同じ事ができなくなってしまうのか？　説明してほしい」

役　人「担当者の名前は？」

利用者「えっ？」

役　人「その時の担当者の名前は！」

利用者「そんなもん名札が付いているわけでもないし、いちいち確認していない！　それに見たところ、それらしき人は見当たらない」

役　人「……申し訳ございませんが、できませんので……」

利用者「……!?　何だそりゃ！　前回の担当者が分かろうが分かるまいが、今までの話をふまえてあんたの判断でもう少し柔軟に対応することができるだろう!」

役　人「申し訳ございませんが、できませんので……」

利用者「少しは違う方法を考えろ、できるといわれたものがまったくできなくなると言う事はないだろう!　多少なりともできる範囲があるはずだ!」

役　人「申し訳ございませんが、できませんので……」

利用者「俺は別にこの世に無い物を作れとか、一〇億すぐに用意しろとか無謀なことを言ってるわけではなく、お互いに落ち度があったかもしれない中で臨機応変に対応策を求めているんだ。これじゃいつまでたっても話が進まない。あんたもさっきから同じ事ばかり言ってないで、受けた側なんだから少しは誠意を見せろ!」

役　人「ですから申し訳ございませんが、できませんので……」
利用者「…………………」
役　人「…………………」
利用者「…………………」
役　人「…………………」
利用者「いや、だから……」
役　人「申し訳ございませんが、できませんので……」
利用者「…………………」
役　人「…………………」
利用者「それじゃまた改めて……」
役　人「申し訳ございませんが、できませんので……」

お前話聞いてないだろ。

今、公務員に対して最も必要な事は省庁再編でも民営化でもない。中にいる人間をすべて一掃する事と採用制度を変える事の方が先決だ。これは決して無謀論でも感情論でもなく、金と時間をかけずにスムーズに行う方法はいくらでもある。たとえば、テレビ公開オーディションにするとか、ＡＶの「ザ・面接」（アテナ映像）の選考方法に従うのもよい。尚、後者についての詳しい内容は、ビデオにてごらんいただきたい。

筆記試験重視で採用された役人に一体何ができた。前例主義や上に言われるがままの上意下達ぶり、またムダで非効率的な仕事と目や耳を疑うような行動と言動だけだ。中にはそれなりの人もいるだろうがこの環境にほとんど同化している。発見の遅れた末期ガンと同じで再生出来る可能性は〇％に等しく、後は進行するだけだ。ここは一つ本当に必要な人間を、新たな方法で新たに採用する事を提案したい。世の中にはすばらしい人がたくさんいる。人材確保ができれば公務員は絶対に変わる。論議はそれからだ。

どんなに栄養のある肥料や水を与えても砂漠で花は育たない。仏作って魂入れずで、法律などの外枠ばかりを作っても肝心な事がぬけてしまっていては何の意味もない。できるのか、できないのかではなく、する必要があるのか、ないのか。それを肝に銘じて行動に移すべきだ。

真剣に公務員を全員入れ替えてみてはどうだろうか。その方が意外に合理的で、本当の問題点が見えてきたり健全経営も可能になってくるのではないか。是非その際は、クビキリ謝罪会見を俺とオヤジにやらせていただきたい。押してもだめなら押してみなの精神で、一発で円くおさめてみせる。日産リバイバルプランを見習い、役人復活をかけて新コストカッター策をとる。ガンコしかとりえのない俺たちが、第二のカルロス・ゴーンになる日も近い。

（平成十三年九月）

まさに天国と地獄

数年前に新車を購入したときの話。うちの車はファミリーカータイプなので、ハンドルのクラクションの部分が大きい。単に大きいと言うだけで、オヤジはそこにエアバックが標準装備されていると信じて疑わない。しかし当時それはオプションであって、うちの車にエアバックはついていない。なのに、いまだに誰かを乗せるたび「いつ事故になっても大丈夫」と、ハンドルのクラクションの部分を指差して自慢げに説明している。まぁ、だからといって気を抜かないで安全運転を心掛けているらしいが非常に心配だ。縁起でもないが、もし事故になったらきっと即死だろう……。更にクラクションを強くたたくとエアバックが飛び出してくると信じて疑わない。それじゃまるで自爆装置だ。本来車体先端部分など、外部へ強い衝撃が加わることでエアバックが開く設計になっているはずだが、たまに俺がクラクションを強くたたくと「ばかやろ！　出てくるぞ！」と一喝される。短気なオヤジがクラクションをやさしくたたく姿を見ていると違う意味で役に立っているようで大変ありがたい。だからもう少し黙っていよう。

恥ずかしながら俺も似たり寄ったりで、Ｗｉｎｄｏｗｓがでた時は、Ｗｉｎｄｏｗｓというパソコンそのものがあると思っていた。どんなものか理解していないのにパソコンショップへいって「Ｗｉｎｄｏｗｓっていうパソコンはどれか？」と店員にたずね困惑されたものである。どちらも今では信じられないような低レベルな勘違いである。

人間誰しも勘違いすることや、知らないことがたくさんある。仕方のないことだ。逆にそれを小バカにするような人間の方が問題である。「聞くは一時の恥、聞かぬは一生の恥」とはよくいったもので、人に聞いたり、自分で調べたりして覚えればよい。多少恥をかいたとしても、ほとんどが笑い話ですむ程度だ。気にする必要はない。しかし、たかが勘違いとはいえ、時にはその人の人生を大きく左右したり信用問題に発展する場合もある。

二〇〇一年のノーベル化学賞に輝いた筑波大学名誉教授の白川英樹氏は、電気を通さないと考えられていたプラスチックに高い導電性を持たせることに成功した。その受賞のきっかけは、助手である学生が薬品の分量を間違えるという、ちょっとした勘違いにより得た実験結果からであった。怪我の功名といったら失礼だが、皮肉にもたまたま勘違いしたために起こった思いがけない幸運である。

うってかわって農林水産省の肉骨粉処理はひどかった。職員の勘違いにより狂牛病に感染した疑いのある乳牛を焼却処分せずに、肉骨粉として飼料に使っていたのだ。その後も対応が遅れ全国的な信用問題にまで発展し国民から厳しい批判が相次いだ。

そんな中、安全性をアピールしようとO157のかいわれ大根に続いて「牛肉を大いに食べる会」と称し、政治家が牛肉にかぶりつくシーンが放映された。結果第二、第三の感染牛が出た。すばらしい。これはあまりに無責任で事態を軽視しているとしか思えない。

しかし最大の問題点は、食したメンバーの中の一人である坂口厚生労働大臣にある。それは髪型だ。頭のわきの毛をフタを閉めるかのように頭頂部分にかぶせた髪型は、茶の間の人間の感情を逆なでしただけだった。バカにするにも程がある。おかげで首の皮一枚でつながっていた信用と購買意欲は完全に無くなった。ついでに食欲もだ。この軽率な行動は結局恥の上塗りにしかならなかった。

更に引き続き、武部農水相が「感染牛はまだまだ出ますから驚かないで下さい」などの問題発言を連発し、一段と批判が高まっている。大臣として他に言い様はないのだろうか。どうやら彼等はあえて牛肉離れに貢献したいようだ。前途は暗い。

当初から、日本で発生する恐れを指摘した欧州連合の報告書を隠ぺいし、日本の牛の安全性を過信するなどの失態を続け、いまだ事の重大さに気付いていないらしい。それで彼等が感染し苦しんで死んでいくのは一向にかまわない。自業自得だ。だが何の罪も無い国民が巻き添えをくうことだけは絶対に許されない。過去にもそんな事例がいくつもあった。その時の教訓から分かるように、事がおきて初めて問題視するのでは遅い。辞任や解任などの引責問題で責任は軽減されない。また裁判で勝訴すればとか、賠償金や時間が解決してくれるなんてことも第三者のたわごとにすぎない。被害者が受けた苦痛や悲しみは、身体的にも精神的にも一生消える事はないのだ。だから、とにかく同じ運命をたどらぬよう事前に防ぐしかない。そのためにも迅速で正確な対応を求めたい。でも、今の政治家や官僚に期待するのは無理な話であろう。しょせん牛肉にかぶりつくのが関の山である。

俺とオヤジはじっくり時間をかけて一つのことをするのが苦手だ。必要最低限度でいいと思っている。特に人と同じ事だと余計に続かない。だから流行しているものでも必要なければ、周りに流されのめり込むことは絶対にない。よく言えば自分のスタイルや信念を持っているのであろうが、単にガンコで気が短いだけだ。しかし講釈だけはやたらと長い。そんな人達に限って、何かとよく勘違いや早とちりをする。人の話を聞かないからだ。これはガンコ特有の欠点である。過剰に情報が氾濫する時代もう少し落ち着いて物事を理解しよう。取り返しのつかないおおごとにでもなったら大変だ。

短気幸いしてと言うか、人一倍負けず嫌いなところがある。そんな時は瞬間的でも必ず最後までやりぬく。その力をいい意味で継続し生かすことができればと考えたりする。

ノーベル賞受賞や第二のイチローとまではいわないが、人々の記憶に残るような快挙を達成する子供でもうちの家系に誕生させたいものだ。

（平成十三年十一月）

偉さや黒でも白になる

日本人はやたらと肩書きにこだわる人が多い。自分に対する価値観も、人を評価する判断基準も学歴、会社名、役職、成績、資格などに比重が置かれている。典型的なブランド志向だ。そんな事を重視する日本社会が生み出してきたものは一体何か。それはくだらない私利私欲だけだ。

その思いが強くなりすぎると、人は時に卑劣な手段を使って名誉や名声、地位を手に入れようとする。手口は「だます」、「裏切る」、「過ちを犯す」、「賄賂を渡す」など様々で、実に悪質で場合によっては犯罪行為にもなる。

何故そうまでして手に入れようとするのか。それは、大変かわいそうだが「肩書き依存症」にかかってしまい、肩書きがないと不安で生きていけない見栄っ張りで弱い人間になってしまったからだ。しかし時代は変わった。実力や創造力、判断力などを重視する能力主義が広まっており、単なる階層社会は完全に崩壊しつつある。いまだかたくなに肩書きや見栄にこだわる固陋な人間は、偏差値教育からぬけきれない一部の点数主義者だけだ。人それぞれの生き方や考え方なのだろうが、俺の一番嫌いとするタイプだ。

つい先日、取引先の社長をゴルフで接待した。接待だからといって相手を立てたり誉めちぎる必要はないが、多少なりとも気は使う。しかしこういった場合唯一プレイ代は会社もちなので「金のなる木」と思い、割り切ってプレイする。

基本的にゴルフとは、ゴルフクラブを使って何打でカップ（穴）にボールを入れる事が出来るのかを競うスポーツである。打数は少ない程よく、平均的なスコアのレベルは、全一八ホールで合計九〇打前後だ。ちなみに俺は三年やっても一四〇打もたたく超どへた級である。

そしてただひとつ他のスポーツと異なるところは、プレーヤーであると同時に審判員も兼ねる必要があるところだ。ルールに従い打数や罰打、反則を正確に正直に自己申告しなければならない。また、他人に迷惑をかけてもいけない。つまりルールとマナーを順守する紳士のスポーツである。

しかし現実は紳士とはかなりかけ離れた人達が多く、その姿はたとえるなら、サルが山ん中ではなし飼いにされているような感じであり、わりと自由でのんきに「ウッキー!」と叫びながら、のびのびと楽しんで走り回っている。

社長の第一打は右へ大きくそれ、急斜面を下った林の中へと消えていった。そこはＯＢ（プレー禁止区域）ではないので、ボールが見つかれば二打目はその場所から打つのがルールである。ＯＢになると二打もペナルティが課せられるので、多少難しい場所でも打ってコースに戻した方が打数的に得する場合もある。

ボールが打ち込まれた林から社長がなかなか戻ってこないので心配になり、ボールは見つかったのかと声をかけながら見に行ってみると、そこには、今まさにボールを右手で投げてコースに戻そうとせんばかりの社長の姿があった。たまげた。そして二人の時間はしばらく止まった。お互いに言葉を失いながらも、社長は高々と上がった右手の人差し指を伸ばすと、何事もなかったかのように「フェアウエイはこっちか？」とコース中央方面を指差した。そして何のためらいもなくボールを足元に置くとセカンドショットのアドレスに入った。

その後、土だけを「ドスッ！」と打ったり、ボールが斜面を上がっては途中で力つき、倍のスピードで元の位置よりも更に下へ転がって行く事を繰り返しながら、五打目にしてやっとコースに戻ってきた。多少気にしながらも依然として悪びれる様子もなく、「俺は夜の一九番ホールの方が得意である」とくだらないジョークをぶちかましている社長に対し、俺は一言こう言って場を立ててやった。「ナイススローイング」。……しかし投げちゃまずいだろ。

まぁ、この程度のことは笑い話ですむが、今後社長にはチョンボをしたといううみじめなレッテルが一生ついてまわる。ただ、その日は一日中「誰にも言わないで……」という目で社長に見つめられていたので、この事は今でも誰にも言わず俺の心の中にしまってある。

魔が差したのか？　いずれにしても絶対優勝したいという強い気持ちから起こった、自分さえよければずるしてもいい……、と思った末の卑劣な行動であった。ゴルフは意外に人間の欲がでやすいスポーツなのかもしれない。

二〇〇一年一〇月二二日、午前六時三一分。宮城県築館町の上高森遺跡で東北旧石器文化研究所の藤村新一副理事長が、もちこんだ数個の石器を土中に埋めるという工作事件が起こった。上高森遺跡は高校の日本史の教科書に一九九八年版から記載されているが、今回のねつ造発覚でその信ぴょう性は大きくゆらいだ。藤村氏は一九九二年、民間の考古学研究者に贈られる「相沢忠洋賞」の第一回受賞者となったほか、「石器の神様」「ゴットハンド」などと呼ばれるほどの逸材であった。

「あなたが埋めたのか」という質問に対し「上高森は成果が上がってなかったので何とかしなければならないと思った。魔が差した」と答えた。

功績をたたえられたいと、取り返しのつかない過ちを犯した。得られたものは不名誉という烙印だけだ。こういった卑劣な手段は多かれ少なかれ必ずばれる。その代償は大きい。それでもやめようとしない。人間は愚かな生き物だ。彼等にとっては、不名誉も大きな勲章であり功績であり、満足のいく肩書きなんだろうか。人間の価値観はそんなところにない。そんな当たり前の事が、当たり前のように分かる日が早く来る事を望む。

（平成十三年十一月）

これってスローフード？

レストランや居酒屋などの飲食店で、注文したものがなかなかこないでずいぶん待たされることがたまにある。待たされるといっても多少であったり、混んでいたりなどの「程度」や「理由」があれば仕方ないが、たいして混んでもいないときに果てしなく待たされると、とても許し難い。よく「ごゆっくりどうぞ」と言われるが、それはある程度の食前があって、食事があって、食後がある状態を言うのであって、注文したものが来るまで延々と「ごゆっくり」することではない。それじゃはっきりいって「ごりっぷく」になってしまう。

だれしも経験のあることとは思うが、参考までにその時の状況と最後にとった行動を話してみる。

つい先日、仕事が忙しくずいぶん遅れて昼食をとった。相方と二人で最寄りのファミリーレストランに入り、順番を待たずしてすぐに壁側の一番奥にある席に案内された。心なしか窓側に数カ所、食事を取るには快適な席が空いているようにも思えたが……。まあ、そんな事はどうでもいい。問題はここからだ。注文した後数分雑談をしていたが、これが一〇分たち二〇分たってもいまだ何も運ばれてこず、どうしたものかとかなり気になり始めていた。決して意地きたないわけではないが、さっきからどう見ても俺達より後から入ってきたと思われるお客に先に食事が運ばれているような気がする。一、二席なら許そう。ところが、その人達より更に後から入ってきたと思われるお客にまで注文した食事が届いている。いちいち入店の順番を確認していないのではっきり断定はできないが、でも見るからにこれはおかしいと思われる状況である。

しかし、一言確認しようにも今一つ曖昧だ。何か、女性が電車内で痴漢にあっているんだか、混んでいて偶然手があたっているんだかわからない状況に近いものがあり、自信が無くて次の一歩が踏み出せない。

気のせいなんだろうか。お互い疑心暗鬼の表情を浮かべながら、とりあえず周りの状況をもう一度確認すべく、まずは頼んだメニューをチェックした。「カレーライス二つにコーヒー二つ」と至ってシンプルで、何の芸もないよく聞く即席メニューだ。めしをよそって保温してあるカレーをかける。それだけで出せる料理のはずだ。どう考えてみても、さっきから運ばれてくる厚さ数センチもあるステーキより時間がかかるとはこれっぽっちも思えない。まさかとは思うが、これから材料を仕入れて作りはじめるという事だけは考えたくない。

時間にしてもう三〇分は過ぎているだろう。二人ともかなりいらいらしていた。そんな気持ちを抑え、次こそはと指をくわえながらじっと黙って料理が運ばれてくるのを待っていた。

ちょうどその時、俺達が注文したと思われる料理を持ってこちらに向かってくる店員の姿が目に入った。「やっと来たか、この野郎」と安心したのもつかの間、店員が俺達のテーブルの近くまで来ると、方向音痴なのか、目と鼻の先を右に折れ「大変お待たせいたしました」と別のテーブルに食事を置いた。完全に期待を裏切られたその光景に俺達は驚きのあまり目が飛び出た。自慢じゃないが目が飛び出るなんて、ぼったくりバーで高額な金額を請求されたとき以来だ。

これを最後に店内の動きは止まった。どうやら一区切りついた様子だ。お疲れさま、ってそうじゃない。ここにはまだ何も来ていない。俺達が注文したメニューは完全に忘れられているようだ。

もう待てない。限界だ。売れっ子の風俗娘を順番待ちしているという正当な理由があるならまだしも、カレーに関してはこれだけ待たされる理由は何一つ見当たらない。このままいつまでも黙って待っていたらただのバカだ。とにかく確認するしかない。

とりあえず暇そうにしている女性店員を呼びつけ丁重に「注文したものがまだ来てないんだけど」とたずねたら「今作ってます!」と無愛想に即答された。何て野郎だ。そば屋の出前じゃねえんだぞ!

そんな店員の態度にあきれはて一気に怒る気力もうせてしまい、多少腹のたしになるだろうと、せめて食後のコーヒーだけでも先に持ってきてもらった。すきっ腹のときのコーヒーほどうまいものはなく、一言で表現するなら「オエッ」て感じだ。すっかり食欲がうせた頃カレーライスが運ばれてきた。レトルト食品にちょっと毛が生えただけのようにも見えるが、理由も無くこれだけ待たされて食べる事が出来るんだ。きっとうまいに違いない。

すばやくたいらげ早々と席を立とうとしていたら、何を思ったか相方が「水とおしぼり」をそれぞれ四つずつお願いしていた。そして、たばこを吸うでもなく数本取り出すと、周りの白い包み紙をはがし中身だけをコップの中に入れていった。更にそのコップの中に塩やらタバスコやら醤油やら、ありとあらゆる調味料類を加えていった。最後におしぼりのビニールの包みをきれいに四角く開くとコップの上にそれをかぶせていった。

「かわいそうに、ついにおかしくなったか」と哀れみの（やれやれという）気持ちで、水は飲むもの、たばこは火をつけて吸うもの、調味料類は料理に加えるもの、おしぼりは手をふくものと本来の用途を一つ一つ説明してあげようとしたその瞬間、相方が四つのコップを水がこぼれないように上のビニールを押さえながら「クルッ」とさかさまにしテーブルの上に置くと、下になったビニールを一気に引っ張りぬいた。するとこれが不思議で、水がこぼれず水面とテーブルの面とが張り付いたような状態になる。コップはテーブル上を左右にそっと平行に動かす事は出来るが、ほんの少しでも力加減を間違えると中身はいっきにこぼれてしまう。

数秒間沈黙のまま、お互いにそのコップを見つめていた。どう始末したらよいのであろう四つのコップを見ていたら、何かものすごく欲求が満たされ急に晴れ晴れとした気持ちになった。しかし、結果的に俺達が悪者になるんじゃ割が合わないと、どっちが金を払うのかもめながらあわてるように会計を済ませると、とっとと店を後にした。食前四五分、食事五分、食後三分のなんともバランスの悪い昼食であった。

世の中にはもっと重大なことで、長い間待たされている人達がたくさんいる。最近でいえば、ハンセン病訴訟などは国が控訴を断念したが、患者達は長期にわたって苦しみ続けた。その報道で、涙を流し抱き合って喜ぶ原告達の姿が映し出されたが、本当に心の底から喜ぶ事ができたのであろうか。俺にはできない。たとえ勝訴しても、和解しても過ぎ去った時間は二度と戻ってこない。はじめからこの病気に対する人々の理解があれば、隔離される事も無く有効な治療を受け普通に生活する事ができたはずだ。そう考えればこの程度のことは騒ぎ立てるまでもなく、あたりまえの事だ。ひねくれているのかもしれないが、逆に今更と怒りがこみあげてくる。

余計な心配かもしれないが、彼等に残された時間は少ない。今まで出来なかった事すべてを取り戻せる余生であってほしい。そして、本当の意味で喜びの涙を流せる日が来ることを祈り、その時は必ずくると信じている。

今日の昼食はラーメン屋にした。店内はガラガラであった。俺は一人カウンター席に座るとチャーハンを注文した。するとその店のオヤジはあらかじめ作っておき、炊飯ジャーに保温してあったチャーハンを俺の目の前で皿にドカッとよそうと、何のためらいも無く「お待ち！」と威勢よくさし出した。水、おしぼり、チャーハン三つが同時に出てきた。

全然待ってないし、ファーストフードみたいだし、電子レンジで「チン！」されてるのと同じみたいだし……。早いはいいがちょっと露骨すぎてこれもまたいかがなものかなと考えさせられてしまった。

一度頼んでから注文を変える可能性も場合によっては充分あり得る。その時はどうするのであろうか……。やはり炊飯ジャーにチャーハンをドバッと戻すのだろうな。でも、まぁ食後の休憩はたっぷり取れたのでよしとしよう。

（平成十四年一月）

もしもし、また電車します？

二〇〇二年一月某日、早朝。身を切るような寒さの中、背中を丸めながら一人静かに始発電車を待っていた。まだ薄暗いホーム上には他に数名の利用客しかおらず、シンとした物静かさが何にもまして一段と寒さを感じさせていた。こういう時は一分でも早く暖房のきいた電車に乗りたいものだ。

しかし思いとは裏腹に予定の時刻をすぎても電車がいっこうに入ってこない。不思議に思い入線方向をしばらくジッと見ていたが全くその気配すら感じられない。また、何らかの構内アナウンスもない。まるで忘れられた出前を待つかのようだ。「一体どうなってるんだ」しびれを切らした俺は、仕方なしに上にある駅改札口へ理由をたずねに行った。

どうやら車両事故か何かで多少電車が遅れているらしいが、原因が曖昧だったのでアナウンスは控えていたということらしい。その言葉にあきれはてながらも、原因が何であろうと電車が遅れていることは事実なのだから大至急アナウンスをするよう申しつけると、再びホームに戻ろうとエスカレーターに向かった。

分かってんだか、分かってないんだか、今ひとつ駅係員の反応が鈍かったのでいささか心配であったが、さすがはJR、即座に構内アナウンスをつげるメロディが流れた。そして「駅構内は終日禁煙となっております。みなさまのご理解とご協力をお願い申し上げます。喫煙は……」と終日禁煙のアナウンスを流していた。いやっ、今流す必要があるのだろうか。その瞬間、他のお客が怒りのあまり一斉に改札口に詰め寄り、窓口はパニック状態と化した。

最近、駅係員に対する利用客の暴力行為が増えているようだが、こんな調子だと原因を作っているのは案外駅係員本人ではないのかと思ってしまう。迷惑行為と嘆く前に社員教育をやり直すか、どんなに殴られても平気な強靱な体でも作った方がよさそうだ。

到着した電車は始発電車なので先行している電車があるわけでもないのに、ふんづまったうんこのように徐行運転や停車を繰り返しながらのろのろと走行を続けていった。おかげで通常の約二倍近くの時間をかけ目的地に到着することができた。本当にどうもありがとう。


迷惑行為に関連して一つ。電車内の携帯電話使用について今更だがいくつか意見したい。必要最低限度使用しなければならない時があるのかもしれないが、基本的に全面禁止を使用者個人個人が心がけてほしい。緊急事態や毎日数秒をあらそって生きている人、例えば人命を預かっている人達などに限っては別だが、どう見ても無駄な電話の方が圧倒的に多い。つい先日もサラリーマンと思われる人間が、待ち合わせをしている駅に電車が到着する寸前に「今、約束の駅に着くところだ。どこにいる?」などと、わざわざ車内から電話を入れていた。こんなことはもってのほかで、駅に着いてからでも充分間に合うので電車を降りてからかけろと言いたい。

とにかく耳障りなのは事実であり、きっと誰もがそう思っているはずだ。それが分かっているのなら人にいわれるまでもなく、自制心を持って電話を控えていただきたい。

しかし現実は自己中心的な人が多く、なかなかそうもいかず、結果的になぜか鉄道各社が日々その苦情処理におわれたり、使用禁止のアナウンスを流すなどして悪戦苦闘している。これはおかしい。本来携帯電話を製造・販売している携帯電話各社が先陣を切って、車内使用禁止にもっと直接貢献すべきだ。そんな姿は全然といっていいほど見られない。次世代携帯電話もいいが、そんなことより電車内では自動的にマナーモードに切りかわるとか、留守番電話サービスしか利用できないなどの機能を作ることの方が先決である。多少のひんしゅくは買うだろう。しかし責任の所在はどこにあるのか。生みの親としてこの程度のことは勇気を持って対応してほしい。こうするしか解決する方法はない。

その翌日。飲み会ですっかり遅くなり終電の時間が過ぎてしまった。余計な出費だがカプセルホテルにでも泊まるしかないと肩を落としていたら、信号機の故障か何かで終電の発車が二〇分近く遅れていた。おかげで自宅まで帰ることができた。今回は心をこめて本当にどうもありがとうと感謝したい。

（平成十四年二月）

あらゆる辛酸をなめて、いざ天職活動

職業安定所に勤めていた頃は、仕事柄求職者の履歴書を見る機会が多かった。履歴書の中身なんてものは通り一遍であって、別に秘密が書いてあるわけでもないし思っているほど面白味はなかった。しかし唯一他人の経歴を知る事が出来るという点においては、役得と思い興味を持って目を通していた。学歴に関して言えば意外にも大卒の人が多かったということと、職歴に関して言えばまったく職歴のない人から、大手企業退職者、いくつも職を変えている人など様々で、見た目や思いとは違う複雑な現実を知る事ができた。

当時も景気は悪かった。しかし必ずしも景気に左右され仕方なく退職している人ばかりではなく、単にやめ癖からの人達も数多くいた。

そんな中わずかな人数ではあったが、あえて自己退職し、厳しい状況でも目標に向かって必死に頑張っている人達がいた。何事においても常に満足しないで次の目標を目指す。景気の良い悪いはもちろんの事、安定志向や終身雇用なんてつまらない事にはこだわらない。ある意味無謀なのかもしれないが、無難な生き方をしている人達に比べればよっぽど魅力的で、非常にうらやましく思えた。

少なくとも当時の俺には真似のできない事であった。今思えば教えられる事が多かったのかもしれない。なんて偉そうなことを言っているが、目線はいつもギャルの証明写真にいっていた。

そんな頃、大学時代の友人が俺の職場を訪ねてきた。身内が経営する会社に勤めていたが訳あって退職せざるを得なくなり、長期にわたり求職活動中であると言う。

聞いてみれば今日にいたるまでの数ヶ月間は予期せぬ不幸の連続だった。交通事故・入院に始まり、失恋、空き巣窃盗被害、会社解雇・失業、抜糸のため再入院およびリハビリ通院、挙げ句のはてには事故処理が難航し裁判沙汰になっている。聞くに耐えない。

友人は、なぜ俺ばかりがこんな目にあうのかと苦労をかくせず深く肩を落としていたが、これだけ続くと正直笑える。

だが、言い方一つ間違えると、苦労話なる持ちネタを売りに自己陶酔している自民党の勘違い男、鈴木宗男と同じように大笑いされる可能性があるので気をつけていただきたい。何といっても彼は、今回（二〇〇二年一月）のアフガニスタン後方支援に関するＮＧＯ会議から一部ＮＧＯを排除した問題で、地元北海道の恥から日本の恥へと出世したすばらしい男だ。

友人にとってみればどれも早急に片づけたい問題ばかりである。しかし一遍に行うことは難しいので、まずは仕事だけでも早々に決めたいという。最初のころはどうにかなるだろうと多少軽い気持ちで就職活動に臨んでいたが、日がたつにつれその気持ちはあせりと不安に変わっていった。そして現在はあきらめモードに突入し、もうこうなったらどこでもいいから就職してしまおうと徐々になげやりな気持ちになってきているそうだ。

その時から仕事はあまり選ばずアプローチをし続けているが、あいかわらずどれも門前払いされているらしい。特に書類選考は通過したためしがなく、時には結果連絡すらこない事もあるそうだ。皆無に等しいかもしれないが、書類選考の会社は絶対に選ばない事にしたと語気を荒げて言う。彼の話から苦悩の日々がひしひしと伝わってくる。

しかし苦労のかいあってか、やっと面接優先の会社を見つけることができ、今日めでたく受ける事が出来るというのだ。それまで時間があるので参考までに面接に臨むアドバイスでも受けたいという事らしい。俺ごときでよければ、微力ながらも出来る事はなんでも相談に応じたい。

当時彼は三二歳で俺より五つ年上であった。人生においては先輩にあたる人だが、あまりそういう印象を受けない人だ。それは同年代の人達に比べ落ち着きが無く、一風変わった性格であるからだ。一話すと十返ってくるような感じの人で、一緒にいると飽きないが長くいると疲れるタイプである。でも不思議と話は合ったりする。

そんな彼がしきりに心配する事は入社後の事だけに集中している。それも、さも採用されんばかりの勢いで、受かったら例えばこうだろう話を連発している。先ほどの心配はどこにいったのか、話がずいぶんとんでいる。先にもっと考えなければならない事があるし、そんな事は受かってから心配しろといいたい。いやであればいくらでも辞退は出来る。別に傲慢で言っているわけではないのだろうが、しかしたいした自信だ。

その後三〇分近く真剣に話を続けた。そして、いつしか二人とも面接にかける情熱が生まれていた。

時間も迫り、お互いこんな感じだろうと充分論議しつくし話がまとまりかけた頃、俺はそれとなく彼の履歴書を目にした。その瞬間俺の頭の中で何かが崩れ落ちるような音がした。(うわっ、こいつはすげぇ……、一からやり直しだ)まさかの基本ができていなかった。今までの二人のやりとりは一体何だったのだろうか……。いやっ、でも、この履歴書は笑える。何かあんたらしいよ。

俺は吹き出したいのをこらえながら彼の目をジッと直視し、何これ?という表情で履歴書を机の上に差し出し、無言のまま問題の個所をゆっくりと順番に指差した。すると彼も、俺の指先を順番に目で追うと、やっぱり分かる?という表情をしながら声を立てずに〝ニッ〟とした。

そこには、まず写真貼り付けの枠から上下が飛び出ていて、両幅の足りない縦長の証明写真がはってあった。多少のずれなら分かるが、これだけ四方がすべて大きくずれているのは珍しい。目立つ。更に氏名記入欄のふりがな記入の所のみカタカナでカナがふってあり、書き損じはすべてボールペンで丸く塗りつぶしてあった。

言いたくはないが、三二歳で社会人経験のある人が書く書類とはとても思えない。こういうコギャル級の間違いはお願いだからやめてほしい。これじゃ素っ裸で戦場に行くようなものだ。書類選考が通過しないのはきっとここに原因があるからだろう。時と場合によって行動や言動にもう少し配慮がほしいものだ。

履歴書なんて別に重要視される書類ではないが、せめて記入例通り普通に作成した方がいいと指摘をした。しかし書類を書き直している時間はない。もうこうなったら開き直って、練習がてら笑われて恥をかいてこいと説得すると、とりあえず面接に行かせた。人の事は言えた義理ではないが、違った意味で俺には真似のできない事であった。今思えば教えられる事が少ない人だった。

ちなみにこれに近い話で、求人票という申し込み用紙に最寄り駅から面接場所までの地図を書かせる欄があった。ある企業の人事担当者が渋谷駅のところに目印として「犬」と書いてきたので、たぶん「ハチ公」の間違いではないのかと訂正させたことがある。「犬」だけじゃ種類が分からないし、動く目印はめずらしい。しかしいるもんだな、こういう思いもよらない間違いをする人が。

数日後面接の結果を聞いてみると、やはり見事に玉砕していた。でもそれでいい。生意気で無責任な言い方かもしれないが、人間は失敗して成長していくものだ。

いい人なんだけど、ちょっと変わった性格だと首をかしげられる事があっても、真の強さを持っている人だ。次こそはきっと本領発揮が出来るであろう。

（平成十四年三月）

やれやれ、鈴木宗男

小学校低・中学年の頃は、学級委員長を決めるとき必ず一番に立候補していた。と同時に担任が、ものすごい勢いで必ず却下していた。「って、ガーン！即落選かい！」とあまりに一瞬の出来事に多少なりともショックは受けたものの、その後も立候補の際は毎回必ず一番に手を上げた。上げ続けた。却下された意味も分からずに。

しかも、本当にこりん性格なのか、たとえ推薦に変わったとしても投票用紙にはしっかり「藤城」と自分の名前を候補者欄に書いて提出していた。そして、それが最初で最後の得票であったことはいうまでもない。そのとき不意に「一票でも投（一〇）票とはこれいかに」といった「サザエさん」の波平の言葉を思いだし、自問自答するのであった。

日頃のPRの仕方が悪かったからであろうか。そんなはずはない。あれだけ、しょっちゅう校内放送で「三年一組の藤城！　大至急職員室へきなさい！」と呼び出されていたし、さらに週に二回はろうかに立たされ、時には丸一日机ごとろうかに出されたこともあり、誰からも注目の的であった。これだけでも充分PR活動につながっているはずだ。それでは一体何が不足していたのだろうか……？　いずれにしても、クラスに一人ぐらいはこういったカン違い野郎がいたことだけはいえる。

つきあいも長く、気心しれた級友達に自分自身の存在感や価値観を伝えることがこれだけむずかしいことを考えると、国会議員などのいわゆる政治家達は国民に対して、それこそ素性もわからぬ全くの赤の他人であるわけだから、選挙活動中に自分自身のすべてを伝えることはきっと想像もつかないほどむずかしいはずである。多くを語らずとも選挙活動っぷりを見れば、そんなことは一目瞭然である。

選挙時や改選時など決まった時期になるとどこからともなくわいて出てきて、ギャーギャー騒ぐだけ騒いで、そして台風一過のように過ぎさっていく。当の本人達は明るくさわやかに、そしてひたむきに「熱意」を伝えているつもりなのだろうが、そんな付け焼き刃的な行動は単なる雑音でしかなく不快感が残るだけだ。正常な人間であればみっともなくてとてもできない大パフォーマンスぶりである。要は人間としてのモラルが全くないか、簡単にプライドを捨てられる人でなければできないことなのだ。

それを象徴する人物として、元自民党員の鈴木宗男氏があげられる。過去の選挙活動の映像がワイドショーやTVニュースなどでよく放映されていたが、あの狂気狂乱ぶりはすさまじかった。まるで、最近めっきりごぶさただった中年夫婦が近所の迷惑もかえりみず、久しぶりに激しい一戦を交えたときのようなあれ狂いぶりであった。

あの興奮ぶりから推測するに、きっと彼は何か悪い病気でも持っていて、つねに精神状態が不安定なのであろう。とにかく一度医者に診てもらった方がいい。

しかし、その映像を見ているとふと疑問に思うことがある。それは鈴木宗男氏が選挙カーから身を乗り出し暴走族のハコノリ状態で、ハゲがハゲしく選挙活動にハゲんでいたシーンだが、あれは道路交通法違反ではないのか。是非証人喚問で問いただしていただきたかった。

まぁ、そんな小さなことはさておき、とにかく彼は最後までこのいつもの勢いを継続すべきであって、残り少ないであろう政治家生命を竜頭蛇尾に終わらせてはならない。だから、謝罪するときもあんなしけた謝罪会見を開くのではなく、再び選挙カーにハコノリしながら「委員長！　すべて私の一存でやったことです。嘘は申しておりません。是非これだけは明確にしておきたい！」と元気よくパワフルに日本全国をまわるべきであった。

さらに贅沢をいわせていただければ、東京ディズニーランドのエレクトリカルパレードに選挙カーごと飛び入り参加していただき、「ミッキーマウス」ならぬ「ムネオーハウス」として激しい謝罪演説を披露してもらいたかった。これが実現していれば、まさに夢の共演になっていたはずだ。子供達の迷惑する顔が目にうかぶ。

しかし、彼には議員辞職という大舞台が残っている。どうやらお目にかかれるチャンスはまだありそうだ。これがTV放送されれば、きっとワールドカップより視聴率がとれるであろう。多少話がそれたが、鈴木宗男氏は本当にアホな人物だった。

ろくでもない候補者しかいなければ投票にいかないのは当たり前である。そして候補者個人がなければ支持政党も絶対に存在しえないので、比例代表のように政党へ投票するなどということも絶対にあり得ない。投票率が低下している最大の原因はここにある。これは決して国民が政治に対して無関心になっているわけではなく、当然の結果なのである。だから問題視する必要は全くない。

そんなことよりむしろ、こんな候補者連中を一〇〇%支持して投票している議員様さま状態の人達や、「とりあえず」とか「なんとなく」で投票にいっている人達の方が問題である。

選挙に立候補するとは、投票するとは一体どういう事なのか。その意義を今一度冷静に考えてほしい。うわべだけのありきたりな選挙制度はもういらない。

頭が悪いくせに難しいことを書いたので、どうまとめていいかわからなくなった。言葉が思いうかばない、どうしよう。画竜点睛を欠く文章は一番始末が悪い。しかし最後にこれだけは明確にしておきたい。鈴木宗男氏、あなたはもういらない。

（平成十四年四月）

おやおや、辻元清美

今年も春闘が始まった。今回も人手不足のため、俺は去年に引き続き中央執行委員としてかりだされ団交に参加させられた。

その都度思うが、不思議と日頃仕事をしない人に限って、こういう事にはものすごく積極的に率先して参加している。旧体質といわれている組合活動に必死になって取り組む姿はどこか異常で、一見宗教団体の信者と重なる。見るからにいかにもという人達が多いのも納得がいく。その力をさえない経営陣にぶつけるのではなく、仕事に向けることができればきっと業績も上がり、黙っていても要求額がもらえるであろう。仕事っぷりに関して偉そうなことはいえないが、団交で長時間をかけいくらがんばってみてもあまり意味がなく、日頃の仕事をがんばらないとダメなことに早く気づいていただきたい。それも自発的に個性的に、そして創造的に仕事を行うことにだ。

まぁ、いずれにしてもあまり興奮しすぎてプッツンいかないよう気をつけていただきたい。何がなくとも健康第一である。

現在俺の給料はかなり低額であり、特にボーナスはひどい。去年の年末のボーナスは一律一〇万円であった。さらにここから税金が引かれるわけだが、ヘタすると学生のお年玉にも勝てない。あまりの少額支給に社員だれもが、きっとこれとは別に「げんなま」でもでるのであろうとそう信じていたが、その後でるのはグチとため息ばかりで、おかげ様で「げんなり」するだけだった。そんな会社だから今回の春闘も当然低額回答であった。

社民党の辻元清美氏が政策秘書給与流用疑惑で衆議院議員を辞職した。事の真相はまだ明らかになっていないが、あまりに思いがけない事態が発生したことで日本中に衝撃が走った。

ある雑誌がそんな辻元氏のことを取り上げ、国会で「総理！ 総理！ 総理！」と小泉首相を口やかましくまくし立てていた人間が、今度は「ソーリー、ソーリー、アイムソーリー！」と国民に謝罪しなければいけなくなったと皮肉っていた。確かにその通りだ。

しかしその程度じゃおもしろくないので、もう少しインパクトが欲しい。できれば大橋巨泉氏とセットで謝罪会見に出席していただき、巨泉が辻元にやめないでと歩み寄り、辻元ソーリーを連発するという形で行っていただきたい。忘れもしない、巨泉氏辞職会見騒動のとき、辻元氏に引き止めてもらったという喜劇があった。是非あの時のお笑いをもう一度二人で再現してほしい。逆の立場になってもきっと笑えるはずだ。

鈴木宗男衆議院議員証人喚問に対する報復措置か？　ある意味はめられたという感じもあり同情したくもなるが、いずれにしても早期に納得のいく説明をしていただきたい。

もし仮に政策秘書に給与が正当に支払われていたとしても、秘書一人に対して年額約一〇〇〇万円という金額は高すぎる。どこぞに申請すれば一部寄付金としてもらえるというアホな使い方もあるらしく、この数字がすべて秘書本人の収入になっているわけではなさそうだが、多少のずれはあったとしても、きっとこれに近い金額が支給されているのであろう。俺の年収の二～三倍近くもある。うらやましい。他の企業でもなかなかもらえない金額だ。

それを思えば政治家は「多忙だ」、「秘書の頭数が足りない」などとたわけた

郵便はがき

恐縮ですが切手を貼ってお出しください

1600022

東京都新宿区
新宿1－10－1
(株) 文芸社
ご愛読者カード係行

書　名			
お買上書店名	都道府県　　市区郡　　書店		
ふりがなお名前		大正 昭和 平成　年生　歳	
ふりがなご住所	□□□-□□□□	性別 男・女	
お電話番号	(書籍ご注文の際に必要です)	ご職業	
お買い求めの動機 1. 書店店頭で見て　2. 小社の目録を見て　3. 人にすすめられて 4. 新聞広告、雑誌記事、書評を見て(新聞、雑誌名　)			
上の質問に1.と答えられた方の直接的な動機 1. タイトル　2. 著者　3. 目次　4. カバーデザイン　5. 帯　6. その他(　)			
ご購読新聞　新聞	ご購読雑誌		

文芸社の本をお買い求めいただき誠にありがとうございます。

この愛読者カードは今後の小社出版の企画およびイベント等の資料として役立たせていただきます。

本書についてのご意見、ご感想をお聞かせください。 ① 内容について
② カバー、タイトルについて
今後、とりあげてほしいテーマを掲げてください。
最近読んでおもしろかった本と、その理由をお聞かせください。
ご自分の研究成果やお考えを出版してみたいというお気持ちはありますか。 ある　　ない　　内容・テーマ（　　　　　　　　）
「ある」場合、小社から出版のご案内を希望されますか。 する　　しない

ご協力ありがとうございました。


〈ブックサービスのご案内〉

小社書籍の直接販売を料金着払いの宅急便サービスにて承っております。ご購入希望がございましたら下の欄に書名と冊数をお書きの上ご返送ください。　（送料１回210円）

ご注文書名	冊数	ご注文書名	冊数
	冊		冊
	冊		冊

ことをいっていないで、これだけ秘書一人に対して国費をもらっているわけだから、給与額に見合う仕事をさせていただきたい。この対価に対する労働は相当なものを要求されるはずだ。世の中にはもっと低額で、より忙しい人達がいくらでもいることを忘れてはならない。

また多少の忙しさは覚悟の上で、自ら進んで国民のために働かせていただきたいと立候補し、たまたま選んでもらった立場なのだから、ムダな金を使わないよう効率よく仕事に努めるべきだ。よって、自分達のために血税を流用するなんて事はもってのほかである。

ちなみに二〇〇二年度予算で公設秘書に支払われる給与総額は衆議院約一三二億円、参議院約六八億円である。秘書によって給与形態が違うだろうから、中には人並みの給与額の人もいるであろう。しかし倒産やリストラの心配もなく、これだけしっかり給与が保証されていれば、彼らに春闘のような制度は必要ないだろうし、あっても無意味であろう。

辻元清美、鈴木宗男、加藤紘一に限らず、政治家のていたらくぶりには心底あきれはてる。時おり正義漢ぶって熱弁をふるっているが、結局は同じ穴のむじなである。「疑惑の総合商社」や「宗男ハウス」も笑わせるが、「先生」と呼ばれてふんぞり返っている他の政治家の姿もお笑いものである。金と権力と数に物言わす。一見大物のすることのように思えるが、本当は最も弱い人間のすることだ。

制度政策を変えても、問題の主軸である「人」を全員入れかえないといつまでたっても永田町は変わらない。政治家ごっこはもうこれくらいにして、全員いさぎよく辞職するべきだ。そして新政界を一から築きなおして欲しい。

話はもどって、春闘はまだ続いている。熱血組合員連中はそう簡単に団交を収拾させない。あくまで組合側の要求は満額回答である。思いとはあまりにかけ離れた一次回答に強い不満を抱いた組合員は、二次回答を要求した。団交再開である。今回もエンドレス団交になるのか？　お願いだから、それだけは勘弁してほしい。

それから三時間近く話し合いは続けられたが、結局二次回答は「一律五〇円アップ」であった。こんな低額回答を提示する経営陣の無力、無能ぶりを改めて実感した。

どこの会社も業績は厳しい。しかし三時間かけて話し合った結果がたったの五〇円とは……。三時間もかけたという精神的、肉体的疲労と、大会議室の電気代を考えると、それだけでも割に合わない回答額である。そして何よりもこれだけ無駄に時間を過ごす結果になるのであれば、本業に専念するか、バイトでもして金を稼いだ方がよっぽどよかったような気がする。今の社の現状を考えればどんなに時間をかけても、二次回答もたいして期待できないことは予測がついたはずである。

現在時刻は一一時三〇分である。はっきりいって春闘は行き着くところまで行き着いている。しかし団交はいっこうに終わる気配を感じさせない。終わるどころか組合側は、新たな問題を提起しようと手元の書類を一生懸命あさっている。

これはまずい。こうなってくると回答額うんぬんよりも時間の方が気になってくる。どうにかして終了させて帰宅しなければ……。そうだ、いい考えがある。月々三〇〇〇円の組合費を五〇円にしたらどうであろうか。実質二九五〇円の賃上げになる。名案だ。それしか方法はない。これ以上こんな経営陣と話し合ったってきりがない。どうにかして見切りをつけたい。

よし、やっぱり藤城はアホだといわれてもいい。もう限界である。自信を持って発言してやる。俺が俺のために団交を終了させる救世主になるために。
別に経営陣の肩を持つつもりは全くないが、単にたらたらと長いだけのこんな組合活動なんてクソくらえである。来年からはプチメールとか写メールとかで簡単にそして手短に行ってほしい。それを「プチ団交」とか「写団交」と名づけよう。

「恒産なきものは恒心なし」。年収一〇〇〇万円とまではいわないが、せめて全産業平均水準なみの給料はほしいものだ。そう思いながら、一ヶ月上限一〇時間までの残業代（金額にして約一万五〇〇〇円）を、全然残業していないのに今月もきっちり請求すると、終業のベルと同時に今日もいつも通り定時に会社を後にした。

（平成十四年七月）

永田町平気族劇場

夕飯を食べ始めたと同時に、母親が明日の夕飯のおかずは何がいいかと聞いてきた。大変申し訳ないが今日の夕飯も一口目を口にしたばかりなのに、いきなり明日のことを聞かれても分かるわけがない。献立に頭を悩ませるのは分かるがいくら何でも唐突すぎる。

俺はあっけにとられながら「はっ?」という表情で母親の顔をちらりと見ると、別に何でもいいと答えた。すると母親は、何でもいいが一番困るし、そういう人に限って文句をいうから嫌だと不機嫌そうにいい返した。そして肉か魚か、飯がいいのか麺類がいいのかはっきりしてほしいと、しつこく口やかましく俺に即答を求めてきた。もう面倒くさくなり、ひさしぶりに肉でいいとぶっきらぼうに答えると、とりあえずメニューが決まったので母親も納得できたのか、首を縦に二、三回振りながら「ふ～ん」と話を終わらせた。母親と二人きりの夕飯はいつもこんな調子だから結構疲れる。ちなみに次回からは、いつでも即答が出来るようあらかじめ答えを用意しておき、毎回同じメニューをいってやろう。

　翌日の夕飯の食卓には煮込みうどんが用意されていた。俺は一瞬「ハレッ!?」と思い母親に尋ねると、おつかいにいったら「うどんでいいや」と急に思ったから作ったとたんたんと答えた。あれだけしつこく聞いておきながら、ぜんぜん違うものを作る母親の心境が分からない。でも今までも同じようなことがしょっちゅうあった。毎度のことか。まるで言っていることとやっていることが伴わない政治家のようだ。ちなみに今日の夕飯は肉と言うことだったので、昼は軽めにそばですませていた。

平気でウソがつける。平気でカネがもらえる。平気で自分のことだけを正当化して居座れる。政治家になるための最低限度の条件だ。NGO問題、狂牛病問題、外務省機密費問題など、どれをとってみても分かるように、この「平気族」がおこす低レベルな問題と対応である。政・官の世界は完全に腐敗している。

そして彼らの最近の主な仕事は、内輪もめなる茶番劇を数多く演じることだ。それは対派閥であったり、対族議員であったり、対党内であったり、政権交代抗争であったりと本業とは大きくかけ離れたドタバタ劇を繰り返している。

旧聞に属するが、森首相退陣要求劇なる名作は忘れられない。「千と千尋の神隠し」に次ぐ名作であろう。内容は自民党の加藤紘一元幹事長とゆかいな同志達が繰り広げた喜劇である。何といってもラストシーンは絶倒ものだ。

それは、加藤氏と山崎氏が衆院本会議開会直前の午後八時三〇分、「同志」を前にした合同総会で内閣不信任決議案に賛成することを「断念」する経緯を説明した場面だ。

一〇〇%勝利宣言をしていた自信は影も形もなくなり、突然の敗北宣言に切り替わった。そして二人だけが本会議に出て賛成票を入れるとわざわざ語り、派閥議員から「駄目です。ここにとどまって下さい」と押しとどめられ涙を流して思いとどまっていた。

すばらしいボケとツッコミである。当の本人達は悲劇のヒーローなる思いで、ドラマのワンシーンでも演じているつもりなんだろうが、とにかくみっともなかった。もしあの壇上に俺のオヤジが立つと言っていたら、きっと殴ってでも事前に止めていただろう。何を言ってもいい訳にしかならないからだ。

結局、新世紀維新は大失敗に終わった。そして誰一人として政治生命をたたれなかったという疑問を残したままこの話は幕を閉じた。

彼等は黙って行動が出来ないのだろうか。本当に本気なら普通そうするはずだ。不言実行し、誰に言うでもなくメークドラマを完結させるべきだった。今更だが、最後まで討ち入りを他言しなかった「忠臣蔵」なる大石内蔵助を見習った方がよいであろうと助言しておく。

これは小泉首相の靖国神社参拝にも言えた事で、そんなに行きたければいちいち公表しないで、誰もいない時間に一人静かに黙って行って来いと言いたい。はたしてこの方法がベストかどうかは分からないが、要は気持ちの問題である。そして、他にも戦没者や戦災などによる死没者、何の補償もない遺族がいることを忘れてはならない。やるからには全ての人達に対して、徹底的に公平な対応をとるべきだ。

肝心なことは何一つとして言えないくせに余計なことは言う。どうも彼は就任当初からその傾向がかなり強い。「感動した」、「備えあれば……」などとくだらないことを言って、諸外国に迎合したり何でも法制化するのではなく、第一に国民の声を聞き本当の意味で痛みを伴う改革を進めるべきだ。筋が通ったことをしていれば、どんなことをしても民意は得られる。

ただし、必要以上にさわぎたてるマスコミにも問題がある。一部の人間だけがアホみたいに過熱するような、何の結論もでないくだらない報道は控え、時と場合によっては要点だけを単純明快に主張していかなければならないことを付け加えておきたい。

二〇〇二年一月二十九日、大橋巨泉参議院議員の辞職騒動があった。その際も森首相退陣要求劇の時と同じようにみじめなシーンが放映された。心のそこから惜しむ気持ちもなく、また本気でとめるつもりのない議員達数名が、わざわざ報道カメラの前で中途半端に大橋巨泉氏に詰め寄った。あそこまで三流役者のような猿芝居を披露されると、見ているほうが恥ずかしくなる。いずれいい教訓になるだろうから、これらの映像を繰り返し放送することを希望する。

ほんとうに彼らは一体何様のつもりなんだろうか。とにかく自分達の本業について、「何をしなければいけないのか」という必要最低限度のことをもう一度じっくり考え直してほしい。そしてその内容がしっかり理解できれば、自分達がいかに必要のない人間かということにも気付くであろう。

一夜明けて朝食を食べていると、母親にいつものごとく今晩の夕飯のおかずを尋ねられた。どうせ聞かれたって……と思いながらも、ためしに魚でいいと答えてみたがやっぱり違うものが作られていた。今し方のことまでもが、こうも変わってしまうとは。まさに女心と秋の空、政治家で言えばお得意の朝令暮改と一緒である。あまり続くと信用がなくなるのでやめていただきたい。

でも、もしかすると母親も政治家になれる素質を持っているのかもしれない。しかし、自分から聞いたときぐらいはリクエスト通りのおかずを作って欲しいものだ。

（平成十四年七月）

目指せプロジェクトX

もともと不器用で集中力のない俺がプラモデルや家電、家庭用品を組み立てると必ず何かしら部品があまる。時には足りない。不思議だ。だから電源を入れても当然動かないし、見た目もいびつで、グラグラしていて今にも壊れそうである。その中でも唯一使えたインターホンは、本来「プルル……」とベルが鳴るところ、何故かものすごくデカイ音で「ピーッ!!」とヤカンが沸騰したときに発するような音を出し、家族に不快感をあたえている。

俺は説明書通りに作っているはずなので、きっとこれを設計した製造元などに原因があるのではないかと思っている。それしか考えられない。店員にそう尋ねると、今までそういった苦情は一度も受けたことが無いし、安くて簡単に作れて非常に便利なので、完売するほどの人気商品であると答えていた。なるほど、ということは「簡単」、「安い」の言葉にだまされ泣き寝入りしている人達がごまんといるわけだ。

こんな結果になるのであれば多少高くても最初から既製品を買ってくるべきだった……、と嘆いてみても後の祭りである。しかし簡単な日曜大工も出来ない俺は、将来頼りがいのあるオヤジにはなれなそうだ。

二〇〇二年七月十四日、日本の航空宇宙技術研究所が中心になって開発に当たっている次世代超音速旅客機の飛行実験が失敗に終わった。打ち上げの衝撃でボルトがはずれたのが原因と見られている。実験機の研究開発費は、一九九七〜二〇〇五年までに二八〇億円が見込まれていたという。実用化されれば、東京—ロサンゼルス間を五時間で結べるらしい。

「モノづくり大国日本」といわれるほどの技術集団が、たとえ実験段階とはいえ、ボルトがはずれてロケットが脱落してしまうという単純で初歩的な欠陥品を作るとは何とも情けない。もう少し落ち着いて慎重に作れと言ってやりたい。特に俺自身に。

世の中に完璧な物はない。それに失敗は成功の元ともいう。だが、より精密で高性能、高機能が求められている時代、大惨事につながるようなミスや手抜きは絶対に犯してはならない。更なるハイテク時代に向け、安全で信用を得られるような責任を持った行動をとっていただきたい。

とはいえ、そもそもこんな乗り物が本当に必要なのであろうか。別に全く無意味だとは思わないが、随分快適になった近頃の交通事情を見ていると、これほどの高速機が今すぐ必要だとはとても思えない。どちらかと言えば、それでもまだ十分とはいえない日頃よく利用している交通手段の改善、整備の方が必要である。それと一〇〇％完璧に生えてくる育毛剤の発明と違和感のないカツラの発明も同様に必要である。これは俺が個人的に強く懇願しているだけだが。

そして何より、営業社員の中でも直行、直帰の鬼である俺にとって交通機関の高速化は、ものすごく深刻な問題でもある。国内はおろか世界各国どこにでも一～三時間で行けてしまうような乗り物が増えたら、営業範囲は広がるし、更にどこに行くにも常に毎回日帰りで、しかも必ず帰社しなければいけなくなってしまう。そうなったら目も当てられない。……会社に全く期待されていない社員に限ってこういったくだらない余計な心配をする。まぁ、いずれにしても、しっかり優先順位を考えて、本当に必要なものから開発していってほしい。

ところで蛇足になるが、これだけ高速だと騒音問題も重要な課題になってくるはずだ。そこで一つ提案だが、携帯電話同様、飛行機にもマナーモードを装備することを是非おすすめしたい。音を立てずにブルブル震えながら飛行する。いかがなものであろうか。これならきっと誰からも苦情が出ないはずだ。

技術革新が人々の暮らしを便利にしたことは事実である。最近でいえばＩＴ化があげられる。だがこの便利さが、今子供達の脳に大きな影響を与えているという。その一つがＴＶゲームだ。ゲームのしすぎによって理性や思考、想像力などをつかさどる前頭前野の発達が阻害されているのだ。便利になった分様々な弊害が生じている。

どんなに便利な物でも、どんなに処理能力があったとしても、しょせんは人間が作った物だ。そんな物に依存しすぎて自分達の生活が振り回されたり脅かされたりしてはいけない。よく考えてみてほしい。ボタン一つで何でも出来るような世の中になってしまったらそれこそ味も素っ気もなくなる。面倒な時もあるだろうが、少しぐらい手間暇かけた方がやりがいがあっていいものだ。

多少話が飛躍したが、こういった最近の「機械文明」を見ていると、「機械が人間を支配する」そんな時代が近い将来本当に来るのかもしれない。理想が現実に近づいていくにつれ、かえって何か大切なものが失われていっているような気がする。まさか子供も「作る」時代から「造る」時代に変わるなどということはないだろうが。

限りない技術力の進歩と限りある人間の生命（いのち）との調和と融合。それなくして未来は語れない。

機械は完璧な程いいのであろうが、人間はあまり完璧だと困る。一、二本ぐらいネジがはずれている人の方が人間味があっていい。でも、今の政治家や官僚のように悪い意味でネジがはずれているのでは、それもまた困るが。俺は一体何本ぐらいのネジがはずれているのであろうか。たまには締め直しが必要だ。

（平成十四年八月）

子にまさる宝なし

ＪＲ新大久保駅で起きたホーム転落事故の時も、新宿歌舞伎町で起きた雑居ビル火災の時も、そして何故か米同時多発テロの時も、俺の携帯に母親から電話があった。「酒に酔っぱらって」とか「人を巻き込む」とか「新宿歌舞伎町」とあったので、それらのフレーズが俺のイメージに直結するらしく、もしやと思い電話をしたという。日頃何かと飲みに行く機会が多いからそう思われるのであろうか。

いずれも不在着信であったため留守録にその用件は入れられていたが、心配している様子は全くなく「あんたじゃないかと思って……、本当に毎晩毎晩……、いつまでもバカなことやってないでたまには早く帰ってきなさい！」と、なぜか怒り心頭で日頃のうっぷんだけがここぞとばかりに入れられていた。

「何だ、突然」

俺が事件を知ったのはどれも翌日になってからであり、留守録を聞いた時点では何の事やらさっぱり意味がわからなかった。しかし、二、三日帰りが遅くなっただけで毎晩と言われてしまうのも非常に心外だ。

新大久保駅ホーム転落事故のときは会議中であったし、歌舞伎町雑居ビル火災のときは彼女と外泊中であったし、米同時多発テロの時は群馬県伊香保温泉に出張中であったし、いずれの時も事件とは全く無関係の場所にいた。しかも朝出勤のときに母親にその旨を話しておいたはずであるが、当の本人は「あら、そうだったかしらん」とそんなことはきれいさっぱり忘れている感じである。

更に、お前は何をしでかすか分からないから心配するのはあたりまえだと言い放つが、冷静に考えていただきたい。キャバクラ店「スーパールーズ」とかがあるような雑居ビルにわざわざ女を連れて飲みに行くようなやつはいないし、テロが起きた場所はアメリカである。それに俺の安否を気づかうような留守録ではなかった。不安な気持ちはわかるが、これじゃあまりに的はずれでかえってありがた迷惑である。

そう話すと母親は多少申し訳なさそうな顔はするものの、だったらせっかく携帯電話を持っているのだから、こういう時こそ一言連絡を入れなさいと言う。そうもいかないから朝予定を話しているわけだし、それに事件が起こるたび、その都度「生きてます」と生存連絡を入れるのも面倒である。だいいち予知能力があるわけではないので、いつ、どこで、何がおきるのかなんてわかるはずがない。いずれにしてもそんなに心配なら和泉元彌の母親のように、姉とセットで金魚のフンのように毎回同行しろと言いたい。

まぁ、話が多少矛盾しているように思えるが、心配しているというのはまんざら嘘でもなさそうだ。それはそれでありがたい。でも、結局は俺の日頃の道楽ぶりに一言説教したいというのが本音であろう。

しかし、どうして俺の母親はこう忘れっぽくて極端なのであろうか。ちなみにオヤジも同じようなレベルで余計な心配をしていたらしい。似たもの夫婦とはよく言ったものだ。

被害者の人達には大変失礼な話になってしまうが、とにかく事件に巻き込まれなくてよかったと思う。もし遺留品の携帯にこんなメッセージが残っていたらみっともなくてしょうがないからである。

思い起こしてみれば俺にかかってくる電話なんて、お叱りか、呼び出しか、苦情がほとんどであり、昔から電話にはいい思い出がなかった。その中でも特にあの電話はみっともなくて忘れられない。

それは一四年前の一八歳の時、ダイヤルQ2のツーショットダイヤルに電話をかけまくってNTTから「Q2ツーショットダイヤルのご利用金額が九万円になりますが……」と注意と警告の電話をもらったことだ。しかも電話に出たのが運悪くオヤジであった。激怒するオヤジに対して、俺は迷うことなく勝手に悪友を共犯にすると、何の罪もないその悪友宅へ、とっとと逃げていった。

いずればれる事ではあったが、NTTも随分余計なことをしてくれる。死ぬほど恥ずかしかった。こんな寿命が縮まるようなことはお願いだからやめてほしい。でもおかげで電話代が九万円ですんでよかったのかもしれない。

NTTに一つ提案しておく。こういう時は余計な電話を入れて利用者を混乱させるのではなく、黙って分割払いにするなどの方法をとっていただきたい。たとえば九万円なら月々一五〇〇円の六〇回払いがおすすめだ。そうすればばれずにすむし、悪友がえん罪に泣くこともない。我ながらものすごくナイスなアイディアだと思ったのでオヤジに話してみたら、「アホか!」と怒鳴られた。

悪さばかりしていて、今日もお叱りの電話がかかってくるんじゃないかと電話のコールが鳴るたびにドキッとしていたあの頃がなつかしい。かかってきそうな時は、自分から進んで電話に出て適当にごまかしていたこともあった。しかし、当時はコードレス電話なんて画期的なものは一般家庭にはあまり普及しておらず、固定の黒電話が一家に一台ドカンと置いてあるだけだったので、その場所でしか電話をすることはできなかった。ウチは一家団欒する応接間に置いてあったので、誰かしら家族が近くにいることが多く、ごまかすのにも限界があった。そんな挙動不審な姿に両親が気づかないわけがなく「コイツ、また何かしたな」と冷ややかな目で俺を見ていた。

今あらためて振り返ってみれば、たしかに俺は何をしでかすか分からない人間であった。根っからの悪ガキタイプで、両親にいらぬ心配をたくさんかけてきたことは事実である。多少なりとも反省をしよう。

ここ数年、ささいなことが原因で信じられないような大事件が連続している。俺の携帯電話の留守録がうんぬんだなんて言っている場合ではない。異常事態だ。というよりも調子に乗りすぎといった感じである。その度に「またか!?」とあきれはてるものの、あまりに凶悪で突然の出来事に言葉を失うばかりである。理由は何であれ人命軽視することは絶対に許されない。しかし時に、こいつは被害にあってもしょうがない、または被害にあったほうがいいんじゃないかと思うヤツも数多くいた。被害にあったほうがといっても死に至るほどではなく、最低でも二、三発ぶっとばされた方がいいということだが……。

早いものでそれぞれの事件発生から一年～一年半が過ぎようとしているが、もう風化の声がささやかれている。これらの事件に限らず、このように熱しやすくて冷めやすい日本人独特のワイドショー的感覚に疑問を感じる。平和であるが故、結局は他人事でしかない。

予期せぬ事件に巻き込まれ、何の前触れもなく突然非業の死を遂げる。そんな死に方は悔やんでも悔やみきれない。その被害者や遺族の多くは世の中の人々に同情されるが、時にはいわれのない偏見をうけたりもする。内容にもよるが、死んで尚そこまでと首をかしげたくなるようなこともしばしばある。だから決してそんな言葉に思い悩んだり、気落ちしたりする必要はない。

いろいろと偉そうなことを言って、だからといって俺に何が出来るわけではないが、せめてこのような悲惨な事件があったことだけは忘れたくない。

最後に被害にあわれた方々のご冥福を心からお祈りすると同時に、もう二度とこのような事件が起こらないことを祈る。


（平成十四年九月）

三歩進んで二歩さがる教科書

今更だが「新しい歴史教科書」を本屋で立ち読みした。読み流す程度ではあったが、あれだけ世間で騒がれたのだから、その新しさは誰がみても一目瞭然であろうと期待して目を通してみたが、違いはほとんど分からなかった。

文部科学省の教科書検定の影響もあるのであろうか。終始、相も変わらぬ教科書口調で淡々と文章が書かれており、そして近代以降を重点的に所々修正しただけというのがこの本の全容であった。これでは新しいというより改訂版にすぎない。第一何を根拠にしたのか、以前の教科書とはどこがどう違うのかという肝心なことが何一つ明記されていない。これでは、これから歴史を勉強する子供たちに対して説明不足である。

新聞週間の折、産経新聞社は他四大紙との違いを主張するため社説などの読み比べを解説付きで特集している。これは非常に分かりやすくて画期的だ。是非参考にするとよかったであろう。

新しい歴史教科書をつくる会のホームページに、「つくる会」設立趣意書がある。その冒頭に「私たちは二十一世紀に生きる日本の子供たちのために～」とあり、文末には「子供たちが、日本人としての自信と責任を持ち～」と書かれている。また、新しい歴史教科書を否定する弁護士グループや団体の声明文にも「～反憲法的な教科書を子供達に手渡せない」というようなことが随所に書いてある。

「子供達」といえば聞こえはいいが、両者の論争をみていると、単に知識人の意地のぶつかり合いにしかみえず、とても子供達に重点を置いた、子供達がわかりやすく歴史を学べるような教科書に仕上がったとはいえない。現行の教科書はもってのほかだが。

本来まず、歴史に興味をもたせることが先決であり、それがなければ歴史に対する問題意識は絶対に生まれない。別に何かをただそうとする行為自体を否定するつもりは全くないが、中途半端に手がけるのであればやらない方がいい。結局「子供達」という言葉は名目になり、今回は一部の大人達の自己満足に終わったにすぎない。いったい子供達には何が、どこまで伝わったのであろうか。

そもそも新しくしなければいけないのは、何も歴史の教科書だけではない。堅苦しくて無駄にページ数の多い他の教科書も皆同じだ。せめて口語体にするくらいの配慮がほしい。そして時にはジョークなんかもおりまぜてほしい。息をぬくことも大切だ。たとえば人名で「ドビッシー」を「ドピュッシー」と書いたりするのはいかがなものであろうか。

学校が完全五日制になろうが、なるまいが、こんな教科書を使った一元的な教育を続けている限り、今の子供達に未来はない。

地球が滅亡しない限り歴史は延々と続く。これから西暦三〇〇〇年、四〇〇〇年と時は流れていくわけだが、歴史の教科書はこの先どこまで分厚くなるのであろうか。索引だけでも電話帳並みになりそうだ。またそれを丸暗記しなければいけないこれからの子供達もかわいそうである。

一昔前はカバンの中身が弁当箱だけというヤツはいくらでもいた。なんか子供らしくていい。許す。しかし、これから先は歴史の教科書だけという時代に変わりそうだ。へたすりゃあまりに重すぎて、カバンをひきずって登校する生徒も続出するかもしれない。そんな哀れな姿は子供らしさもかわいげもなくて絶対に許せない。

いらぬ心配かもしれないが、そう考えると教科書の内容云々と同様、このページ数も重大な問題になってくるのではないかと俺は思っている。

ところで二十一世紀に生きる人達からは、歴史に名を残す人物が何人でるのであろうか。汚名を残す人物はごまんといそうだが。まぁ、いずれにしても、多少なりとも楽しみな事だ。

俺は一体何が残せるのか……。そういえば最近、しもの栓が前後とも若干弱くなり、時々少量ながらパンツにいらぬシミを残すことぐらいは出来るようになった。これって、汚名以下の汚物か。いやはや歳はとりたくないものだ。

（平成十四年九月）

老いも若きも……

ＪＲ宇都宮線は車内にトイレがついている。突然もよおした時は大変便利だ。しかし、トイレ横にある座席に座るのはあまり気分がいいものではない。多少臭うからだ。そして何より「音」なんかが聞こえたりすると、その日は一日中調子が悪い。できれば「下痢と空砲はお断り」の張り紙をしてほしい。

小は許す。俺もしたことがある。でも大は許しがたい。っていうか、よく出来るなと感心してしまう。他の乗客が気にならないのであろうか。だからといってもらすわけにはいかないし、生理現象だから仕方がない。とはいえ、なるべく「音」のおまけはつけないでいただきたい。それも特に電車が停車中の時には。別に耳を澄まして聞いているわけではないが、うすい扉一枚のトイレ内の音は結構聞こえてしまうものである。

どんな混雑時でもマイペースでやることはやる。まぁ、そんなおかまいなしの排便をするのは九九％オヤジ連中である。俺が見た限りでは。

営業の仕事をしていると何かと一人で昼食をとることが多い。一見寂しそうだが、自由気ままに食事が出来るので実は意外と満喫している。しかし、突然の相席はあまり気分がいいものではない。多少気をつかうからだ。そして何より、自分の分だけ先に食事が運ばれてきたりすると、これが結構食べづらい。何の会話もないテーブルなだけに相手の視線がものすごく気になるからだ。でも少し考えすぎだろうか。

たかだか十数分のつきあいとはいえ、他人様にはいろいろと余計な気づかいをする。きっとコイツもそう思っているのだろうなと、時々相手の顔をチラッと見ながらお互いに箸をすすめていたら、突然でかいゲップをされた。

多少の粗相は許そう。仕方がない。だが目の前の人が食事中にもかかわらず平気でゲップをするのは勘弁してほしい。

見知らぬ相手が食事中であろうが何であろうがマイペースでやることはやる。まぁ、そんなおかまいなしの食事をするのは九九％オヤジ連中である、俺が見た限りでは。

主要な駅周辺には必ずといっていいほどカプセルホテルが林立している。多少の出費はかさむが、深酒をして最終電車を逃したときなんかは大変便利だ。しかし、深夜にもかかわらずＨビデオをデカイ音で見ていたり、つけっぱなしのまま寝てしまう人達がいるとあまり気分がいいものではない。一人一人区切られているとはいえ、ドラム缶なみの広さのスペースを薄い壁一枚で仕切っているだけなので、各部屋の音はよく聞こえてしまうのである。興奮して眠れないので、できれば〝事〟は早々に済ませて電源をしっかり切っていただきたい。そして何より、時計のタイマーをセットしたまま退室してしまう人達が多数いるが、これは絶対に許せない。全く予定外の時間にエンドレスに鳴り響くいくつものアラームを一人静かに止めにいくのは、はっきりいって大変な作業である。初めから起きられるのであればアラームはセットしないで寝ていただきたい。

もうひと眠りしようとカプセルに戻ろうとしたとき、とんでもない光景が目に入ってきた。それは、うつぶせのまま上半身のみカプセルに体をつっこみ、軽く両膝を立て下半身丸出しで爆睡している中年サラリーマンの姿であった。きっと着替えの途中で力つきたのであろう。でもせめてパンツくらいははいていてほしい。
他人が快眠していようが何だろうがマイペースでやることはやる。まぁ、そんなおかまいなしの行動をするのは九九％オヤジ連中である、俺が見た限りでは。

そんなオヤジ連中がいう。「最近の若いもんは……」と。それでは最近の大人達はどうなのであろうか。いずれにしてもごく一部の人間のことであり、「若い人達」とか「大人達」とひとくくりにするのはよくない。お互いもっと個人個人を尊重して生きていこう。

（平成十四年九月）

日朝国交正常化交渉

「特殊機関の一部が妄動主義、英雄主義に走った。自発的に行ったことで、私は知らなかった。……遺憾なことだったと率直にお詫びしたい」

日朝首脳会談において、拉致問題に対する金正日総書記の耳を疑うような信じられない発言である。いやはや、飛んでいるのはミサイルだけかと思っていたが、彼の頭の中はそれ以上にぶっ飛んでいた。全て秘書や他人のせいにする日本の政治家達は、この言葉をどう受け止めたのであろうか。

一転して解決するかのように思われた拉致問題は再び悪夢へと舞い戻った。十数人もの被害者のうち、八人が死亡していたという思いもよらない最悪の結果であった。多くの拉致家族が夢と希望を絶たれながら、そして、様々な諸問題と疑問を残したまま日朝国交正常化交渉は再開合意された。日本中が複雑な思いにつつみこまれた。

金正日総書記は独裁者ともいわれている人物である。独裁者とは、己の権威を保持することのみ考え、国民のことは一切考えない。きっと彼に良心というものはない。以前日本が食糧支援をし、それが飢えに苦しむ民衆に全く渡っておらず、しかも半分は中国に売られ、残りの半分は平壌の外貨ショップで売られていたという事実があった。そんな男と一体何を話し合おうというのであろうか。

更に、この別名独裁者を「偉大なる金正日総書記」として異常なまでに崇拝する国民が数千万人といる。偏重教育のせいで、間違った愛国心が植え付けられてしまった結果といえる。参考までに俺の場合は、独学でありとあらゆるものから過激な性教育を学び、独りよがりで間違った快楽心が植え付けられてしまっている。まさに独裁性権だ。実践する相手がいないのが、せめてもの救いといえる。

隣国同士にあって、このあまりにかけ離れた国家体制と国民意識や感情。その原因は日本にもあるのかもしれないが、しかし、お互いに手を結んで協力していくにはあまりにも土台が違いすぎる。

過去、日本が朝鮮半島を植民地化したことが南北分断の遠因になったことや、現在の堕落した日本社会を棚にあげて偉そうなことを言うつもりはさらさらないが、一言だけ言っておきたい。金正日総書記は、あの中途半端なカリフラワーのようなヘアースタイルを今すぐやめるべきである。いや、そうではなく、今後、日朝国交正常化を進めていくための絶対条件として金正日総書記の早急な辞任をあげる。これはどんなことがあっても一歩も譲れない条件であり、決して偏見や差別で言っているわけではない。金正日総書記に国家の指導者は任せられない。よって日本は、適任者が出てくるまで交渉は中断するという強気な姿勢でのぞまなければならない。

そういえば、以前偽造パスポートで東京ディズニーランドに遊びに来て身柄を拘束された金正日総書記の長男、正男（ジョンナム）氏はどうしているのであろうか。彼は入管当局の調べに対して、「韓国人だ。世界一周旅行の途中日本に立ち寄った」と供述したジョーク抜群な男である。まさか朝鮮語で話さなかったとは思うが……。

これだけ疲弊した北朝鮮の経済状況から思えば、世界一周旅行が出来るとはたいしたご身分である。そんなことをしている暇があるのなら、母国が景気回復に向かうような政策でも打ち出してほしい。例えば、オヤジに一言「おとーたま、人工衛星だかミサイルだか分からないテポドンやノドンを作る金で、北朝鮮ディズニーランドでも作ってください」と提案していただきたい。実現すれば、かなりの経済効果が見込めるであろう。その際、是非アトラクションの一つに「カリブの海賊」に対抗して「北朝鮮の工作船」を作ってほしい。

ここで若干補足をしておく。当然のことだが、この正男氏が次期後継者であってはならない。また、国民もこれを認めてはならない。そんなことをしたら前者の轍を踏むだけである。だが、独裁政権では考えられないようなことが多分に起こり得る。最近同様の国で、イラクのフセイン大統領が信任を問う国民投票で「信任一〇〇%」で再任された。荒唐無稽なことである。日本は日朝交流を進めていくにあたり、あくまで民主的、建設的に話し合いが出来る指導者を求める必要性がある。正男氏の行く末は北朝鮮ディズニーランドの清掃員あたりで十分だ。

ところで小泉訪朝団が帰国後こんな珍談があった。訪朝団が北朝鮮から松茸の手土産を受け取っていたらしいが、その報告をしなかったことに野党側が強く批判をしたという。この非常時に不謹慎なという思いもあるようだが、実にくだらない。まるで、すかしっ屁をして黙っていたら怒られたのと同じようなレベルの話である。

時を同じくして俺の携帯に、数少ない女友達から「旅行に行くのでお土産は何がいい☺」とメールが入った。面倒くさがり屋で返信意欲のない俺は、その後も数日間返事を怠っていたら、しびれを切らした彼女から「お土産は、ヤシの実でできた猿の置物に決めさせていただきます☹」とむかっ腹口調で再度メールが送られてきた。ペナントに続いて、もらいたくないお土産ベスト3に入る一つになりそうだ。せっかくだが、帰ってきても連絡するのはよそう。

日本も北朝鮮も、もっと自国を徹底的に清浄化してから国交正常化を進めた方がよい。いずれにしても慎重に交渉を進めていくことを望む。

（平成十四年十月）

著者プロフィール

藤城　雅孝（ふじしろ　まさたか）

1969年（昭和44年）11月7日、東京都杉並区に生まれ、埼玉県久喜市で育つ。会社員。
書物（書籍）はほとんど読まないが、新聞1面下にある横長の匿名コラム（毎日新聞では「余録」、朝日新聞では「天声人語」など）と社説、漫画家の長谷川町子氏に影響を受け、筆をにぎる。

偏差値48ベストセラー宣言　—大言壮語

2003年3月15日　初版第1刷発行

著　者　藤城　雅孝
発行者　瓜谷　綱延
発行所　株式会社文芸社
〒160-0022　東京都新宿区新宿1－10－1
電話　03-5369-3060（編集）
03-5369-2299（販売）
振替　00190-8-728265

印刷所　図書印刷株式会社

ISBN4-8355-5387-X C0095